邑川吟草

ICHUAN YINCAO

冯锡林/著

时代出版传媒股份有限公司
安徽文艺出版社

图书在版编目（ＣＩＰ）数据

百川吟草/冯锡林著.—合肥：安徽文艺出版社,2023.10
ISBN 978-7-5396-7849-8

Ⅰ.①百… Ⅱ.①冯… Ⅲ.①诗词－作品集－中国－当代 Ⅳ.①I227

中国国家版本馆 CIP 数据核字(2023)第 182834 号

出 版 人：姚　巍
责任编辑：胡　莉　　　　　　　装帧设计：熙宇文化

出版发行：安徽文艺出版社　　www.awpub.com
地　　址：合肥市翡翠路 1118 号　邮政编码：230071
营 销 部：(0551)63533889
印　　制：合肥创新印务有限公司 (0551)64456946

开本：880×1230　1/32　印张：5.5　字数：60 千字
版次：2023 年 10 月第 1 版
印次：2023 年 10 月第 1 次印刷
定价：35.00 元

(如发现印装质量问题，影响阅读，请与出版社联系调换)
版权所有，侵权必究

目 录

五 绝

自然(新韵)/003

气节(新韵)/003

时间(新韵)/004

雄鸡(新韵)/004

咏峰(新韵)/005

登峰(新韵)/005

抗洪(新韵)/006

国庆(新韵)/006

老枫树(新韵)/007

幽室(新韵)/007

网友(新韵)/008

寻花(新韵)/008

夕阳情(新韵)/009

人在江湖(新韵)/009

身外物(新韵)/010

七 绝

春花(新韵)/013

野草(新韵)/013

迎春花(新韵)/014

春柳(新韵)/014

白玉兰(新韵)/015

蒲公英(新韵)/015

油菜花(新韵)/016

琼花(新韵)/016

春梅(新韵)/017

春桃(新韵)/017
杜鹃花(新韵)/018
杨花(新韵)/018
满天星花(新韵)/019
美女樱(新韵)/019
紫丁香(新韵)/020
紫薇(新韵)/020
金银花(新韵)/021
四季海棠(新韵)/021
白荷(新韵)/022
夜荷(新韵)/022
夜来香(新韵)/023
锦带花(新韵)/023
月季(新韵)/024
牵牛花(新韵)/024
白玉簪(新韵)/025
万寿菊(新韵)/025
春景(新韵)/026
茉莉花(新韵)/026
采菊(新韵)/027

赏菊(新韵)/027
秋苇(新韵)/028
观落叶(新韵)/028
水仙花(新韵)/029
四季景(新韵)/029
春燕(新韵)/030
大龙虾(新韵)/030
彩蝶(新韵)/031
戏蝶(新韵)/031
野兔(新韵)/032
生物(新韵)/032
霍去病(新韵)/033
苏武牧羊(新韵)/033
文天祥(新韵)/034
戚继光(新韵)/034
杨靖宇(新韵)/035
博客(新韵)/035
元宵节(新韵)/036
春思(新韵)/036
民工返乡(新韵)/037

春节回乡(新韵)/037

古春闺(新韵)/038

盼归(新韵)/038

龙舟赛(新韵)/039

丁香女(新韵)/039

春晨(新韵)/040

谷雨(新韵)/040

夏晨(新韵)/041

初夏观日出(新韵)/041

泥人(新韵)/042

自然规律(新韵)/042

秋日(新韵)/043

秋夜(新韵)/043

渔舟唱晚(新韵)/044

自乐(新韵)/044

秋庐夜(新韵)/045

沙洲(新韵)/045

秋景(新韵)/046

悲秋(新韵)/046

访秋(新韵)/047

秋夜吟(新韵)/047

秋寺(新韵)/048

冬日(新韵)/048

冬夜(新韵)/049

冬日黄昏(新韵)/049

八一颂(新韵)/050

同学会(新韵)/050

终局(新韵)/051

思母(新韵)/051

秋色(新韵)/052

反腐败(新韵)/052

贪官(新韵)/053

冬村晨景(新韵)/053

玉兔探月(新韵)/054

墨兰(新韵)/054

春分(新韵)/055

闲坐(新韵)/055

蝶舟(新韵)/056

无题(新韵)/056

春雨(新韵)/057

论诗(新韵)/057
点评诗(新韵)/058
踏春(新韵)/058
春早(新韵)/059
纪念香港回归二十年
　(新韵)/059
小山村(新韵)/060
凉台(新韵)/060
江边晨景(新韵)/061
犁田(新韵)/061
布谷鸟(新韵)/062
秋收(新韵)/062
书法(新韵)/063
垂钓(新韵)/063
国庆七十周年感怀(新韵)/064
风筝(新韵)/064
题教育改革(新韵)/065
送老妻陪孙子读书(新韵)/065
心态(新韵)/066
登泰山(新韵)/066

山村夜(新韵)/067
渔民(新韵)/067
雪梅(新韵)/068

五　律

元旦(新韵)/071
春游(新韵)/071
立春(新韵)/072
早春(新韵)/072
春雪(新韵)/073
春乡观日出(新韵)/073
春游枞阳浮山(新韵)/074
春游天堂寨(新韵)/074
游枞阳莲花湖(新韵)/075
山茶花(新韵)/075
杏花(新韵)/076
樱花(新韵)/076
梨花(新韵)/077
昙花(新韵)/077
咏松(新韵)/078

咏兰(新韵)/078

咏竹(新韵)/079

咏菊(新韵)/079

咏梅(新韵)/080

咏樟(新韵)/080

夏登黄山(新韵)/081

观云海(新韵)/081

白云禅寺(新韵)/082

九华山(新韵)/082

龙门石窟(新韵)/083

白云医院(新韵)/083

清明节(新韵)/084

端午祭(新韵)/084

立秋(新韵)/085

处暑(新韵)/085

秋分(新韵)/086

白露(新韵)/086

寒露(新韵)/087

霜降(新韵)/087

立冬(新韵)/088

小雪(新韵)/088

大雪(新韵)/089

冬至(新韵)/089

小寒(新韵)/090

大寒(新韵)/090

秋晨(新韵)/091

秋日游山(新韵)/091

晚秋(新韵)/092

大熊猫(新韵)/092

丹顶鹤(新韵)/093

白鹭(新韵)/093

乡居(新韵)/094

归日(新韵)/094

秋夜思(新韵)/095

冬晨(新韵)/095

人生箴言(新韵)/096

古稀感怀(新韵)/096

读史(新韵)/097

中国梦(新韵)/097

"玉兔"登月(新韵)/098

赠友(新韵)/098
喜翁(新韵)/099
大自然(新韵)/099
暗物质(新韵)/100
古航行(新韵)/100
古画(新韵)/101
貂蝉(新韵)/101
诸葛亮(新韵)/102
秋香(新韵)/102
异国思(新韵)/103
恋人(新韵)/103
春游铜陵天井湖
　(新韵)/104
三生情(新韵)/104
春(新韵)/105
燕子(新韵)/105
桃花结(新韵)/106
芍药(新韵)/106
自驾游(新韵)/107
墙头草(新韵)/107

渔夫(新韵)/108
忆故乡(新韵)/108
探春(新韵)/109
晴夏(新韵)/109
清明节祭(新韵)/110
情人节(新韵)/110
卡塔尔世界杯(新韵)/111
春分(新韵)/111
广西巴马长寿村(新韵)/112
论灵感(新韵)/112
牵牛花叹(新韵)/113
薛涛(新韵)/113
人在江湖(新韵)/114
夏日午休(新韵)/114

七　律

春日(新韵)/117
西湖柳(新韵)/117
桃花(新韵)/118
咏牡丹(新韵)/118

咏栀子花(新韵)/119

春园(新韵)/119

春乡观日出(新韵)/120

渡口(新韵)/120

立夏游(新韵)/121

春游天柱山(新韵)/121

游宜兴张公洞(新韵)/122

夏游农家乐(新韵)/122

夏日乡村游(新韵)/123

夏湖(新韵)/123

小湖秋色(新韵)/124

夏日(新韵)/124

秋游西湖(新韵)/125

古离别(新韵)/125

古春愁(新韵)/126

七夕情人节(新韵)/126

重阳节(新韵)/127

居家有感(新韵)/127

写诗(新韵)/128

文缘(新韵)/128

处事(新韵)/129

夜航(新韵)/129

黄昏恋(新韵)/130

秋声(新韵)/130

秋忆(新韵)/131

论风(新韵)/131

古戏曲(新韵)/132

冬雪(新韵)/132

自叙(新韵)/133

姜太公(新韵)/133

郑和下西洋(新韵)/134

扬州八怪(新韵)/134

白玉堂(新韵)/135

咏野菊(新韵)/135

安庆市(新韵)/136

咏蛙(新韵)/136

微风(新韵)/137

秋暮思(新韵)/137

人生(新韵)/138
喜雨(新韵)/138
村道晨景(新韵)/139
闲吟(新韵)/139
倒春寒(新韵)/140
上网(新韵)/140
忘年交(新韵)/141
嵇康(新韵)/141
师生(新韵)/142
打老鼠(新韵)/142
咏红薯(新韵)/143
贺2014年春节(新韵)/143
龙抬头(新韵)/144
放生(新韵)/144

词

忆王孙·残春(新韵)/147
忆王孙·惜春(新韵)/148
长相思·留守女(新韵)/149
长相思·司空山(新韵)/150
忆江南·荷(新韵)/151
南乡子·春游三峡(新韵)/152
南乡子·秋游长江(新韵)/153
中秋词(新韵)/154
品令·折梅(新韵)/155
永遇乐·七十书怀(新韵)/156
渔歌子·采茶(新韵)/158
品令·怀秋(新韵)/159
仄韵长相思·怨妇词(一)
  (新韵)/160
仄韵长相思·怨妇词(二)
  (新韵)/161
思春词(新韵)/162
仄韵渔歌子·鸟语(新韵)/163

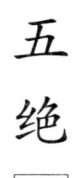

五绝

WU JUE

自然(新韵)

沧海变山丘,时间演五洲。
阳光生万物,古月照今秋。

气节(新韵)

竹柏拒冰忙,松梅斗雪昂。
吾观皆傲骨,不必问沧桑。

时间(新韵)

宇宙生成早,人间浑不知。
星辰难变老,岁月悄飞驰。

雄鸡(新韵)

灰爪芦花羽,红冠好斗身。
频啼催旭日,唤醒梦中人。

咏峰（新韵）

赞天柱山孤峰。

狂风暴雨掀，雷电刺林穿。
独赞孤峰耸，挺身责问天。

登峰（新韵）

峭壁立奇松，浪翻云海中。
夏攀高岭处，缥缈览尖峰。

抗洪（新韵）

1998年夏，长江流域普降暴雨，洪水肆虐，军民齐心战胜洪灾。

多轮暴雨酣，洪水漫堤坍。
缺口军民堵，齐心斗老天。

国庆（新韵）

2019年国庆节庆典观后感。

发展领一流，巨龙腾亚洲。
中华迎喜日，正道写春秋。

老枫树（新韵）

高树逐阳冈，繁根入归坪。
风吹枝叶动，日霁老枫情。

幽室（新韵）

情纯心静雅，雨润物生香。
小径通幽室，花嫣路两旁。

网友（新韵）

奔来逢网友,论史浸茶香。
此地多灵气,梧桐栖凤凰。

寻花（新韵）

踏遍天涯路,何方觅旧情？
身疲扶树懈,无奈风又凌。

夕阳情（新韵）

夕阳无限美,交替挂冰轮。
万点银星闪,嫦娥伴梦魂。

人在江湖（新韵）

人在江湖走,无须论短长。
静候风浪变,力挺渡心航。

身外物(新韵)

钱财身外物,逝世属流年。
少壮追功利,白头立警言。

七绝

QI JUE

春花（新韵）

天爱群芳信手栽，花神眷顾巧安排。
探身晴日春风暖，白紫红黄斗艳来。

野草（新韵）

绿漫山坡卉满崤，葳蕤原野向晨曦。
春风摇叶妆新貌，扫去微尘垂露滴。

迎春花（新韵）

辞雪东风已赴时，阳坡闪亮嫩黄枝。
山中百草犹枯色，报与花神笑汝痴。

春柳（新韵）

东风伴柳恋情发，共舞千行披彩霞。
轻染鹅黄茸叶瘦，近观翠缕秀如花。

白玉兰(新韵)

如莲旖旎素容妆,玉树琼枝伴旭阳。
雪瓣迎春人挚爱,幽香散逸入庭窗。

蒲公英(新韵)

黄花春叶满头白,瘦籽悠然聚母怀。
茸伞缀身藏梦想,风飘沃土力成材。

油菜花(新韵)

拂面春风杨柳碧,夹茎绿叶菜花黄。
飘香粉瓣蜂虫舞,炫目喜吟金色装。

琼花(新韵)

广陵春树不能辞,剔透冰心衬乳脂。
五瓣仙葩琼玉碎,痴情墨客咏芳诗。

春梅(新韵)

琼枝萌叶盖朱痕,凋落春风化作尘。
傲骨冷霜冰雪斗,名魁无意占花魂。

春桃(新韵)

雨后次日,凤凰村踏青,赏春桃有感。

踏青邂逅遇村中,倒影池塘深浅红。
霁日娇娆迷客眼,诗翁赞叹舞春风。

杜鹃花（新韵）

枝叶葳蕤绮媚容，感恩日照映山红。
彩霞灿烂迷人眼，花海徜徉春色浓。

杨花（新韵）

无端三月起风白，正见绒花漫舞来。
滥与春情缘易散，沾泥沐雨化青苔。

满天星花(新韵)

芳姿窈窕露纯情,绿叶温馨浪漫迎。
素雅迷人开夏日,繁花喜看满天星。

美女樱(新韵)

小朵玲珑五瓣舒,散花天女暗抛出。
葳蕤枝叶参差秀,恰似春樱平地铺。

紫丁香（新韵）

暮春芳树紫霞妆,绿叶琼枝素雅裳。
十字花香来客醉,百结仙气入厅房。

紫薇（新韵）

夏秋枝叶彩霞旁,皮骨不沾风雨狂。
淡紫浅红游客醉,花开百日吐妍芳。

金银花（新韵）

春末牵藤并蒂发，银黄两色露琼华。
香飘嫩蕊新苞采，药性清凉治病夸。

四季海棠（新韵）

晓丽胭脂窈窕留，夏妆妩媚叶娇羞。
牡丹芍药容颜老，不比嫣红几度眸。

白荷（新韵）

玉立湖心叶作篷，白冠金盏碧波滢。
虫梳细蕊风摇曳，香沁八方赛荚萍。

夜荷（新韵）

娉婷香韵拒沾泥，夏夜狂风头不低。
碧叶莲花皆傲骨，同嘲暴雨跳珠急。

夜来香(新韵)

夏昼含苞未吐芳,缘何月夜送清香?
娉婷淡雅星姿美,正与珠兰斗素妆。

锦带花(新韵)

夏团①锦簇绿枝丛,织女停梭染赤红。
曼妙参差蜂恋舞,花开微笑斗熏风。

---

① 夏团:此处意为锦带花在夏天聚团开放。

月季（新韵）

葳蕤枝叶刺熏风，桃李梅花未见踪。
玉蕊娇柔香瓣艳，四时不尽浅深红。

牵牛花（新韵）

小院晨开紫喇叭，攀藤心叶映朝霞。
秋风草木惊奇看，独自沉思爱此家。

白玉簪（新韵）

嫦娥高髻玉簪滑，坠落凡间变素葩。
仙瓣白洁舒碧叶，香飘八月进人家。

万寿菊（新韵）

盛夏花球遍圃金，葳蕤羽叶碧销魂。
提纯色素添加剂，食品安全万寿珍。

春景（新韵）

竹丛垂柳菜花新，粉杏红樱闹仲春。
飞鸟赴林齐聚会，寒暄邂逅送清音。

茉莉花（新韵）

初秋沾露沁魂开，白雪姣容绿叶怀。
旖旎仙葩折几朵，美人头戴吐芳来。

采菊（新韵）

寥廓秋高枫岭西，大棚手采雪盈畦。
村姑蒸制头花晒，淡雅飘香入药宜。

赏菊（新韵）

秋尽寻芳竹径东，黄花怒放桂花穷。
宝钗吟唱湘云赞，素雅大观园内逢。

秋苇（新韵）

碧水晴滩俏影柔,风摇空苇起白鸥。
芦花雪点诗吟诵,奉献无私缀晚秋。

观落叶（新韵）

谁转年轮冬日逢,轻飘霜叶伴兰亭。
林红细赏心田敬,诗韵长留享泰宁。

水仙花（新韵）

沉珠绿叶水环开，白雪金心玉盏台。
冬日馨魂舒媚眼，龙宫神女下凡来。

四季景（新韵）

春风竹秀翠山林，盛夏荷花丽日馨。
金桂园香秋雨落，红梅飘郁雪冬晨。

春燕（新韵）

拂柳春风倩影双，轻盈灵巧灭虫忙。
裁云剪水新泥喙，巢内呢喃归户梁。

大龙虾（新韵）

遨游海底大红虫，盔甲长须上将风。
称霸出行螯乱舞，贪食进网入船笼。

彩蝶（新韵）

花为蜜枕叶流苏，彩翅斑斓恋蕊伏。
灵巧翩跹飞夏院，美人执扇戏欢逐。

戏蝶（新韵）

慵倦身游心怅然，夏园霁日沐花间。
执扇扑将蛱蝶去，停爱双飞故倍怜。

野兔（新韵）

草枯雪地瘦身围,长耳黄毛半饱归。
荒野疾奔钻入洞,低头嗅犬吠空回。

生物（新韵）

生命地球规律从,适应进化物常荣。
存亡演变玄机在,代谢新陈永久同。

霍去病(新韵)

卫国征战豪情大,汉将青年敌寇伐。
漠北奇袭全获胜,匈奴未灭拒成家。

苏武牧羊(新韵)

匈奴囚使牧羊群,漠北拒降十九春。
白发南归朝汉帝,留得正气献丹心。

文天祥（新韵）

南宋局危起义兵，败经惶恐叹零丁。
一身正气存天地，千古丹心照汗青。

戚继光（新韵）

率军浙闽卫国情，戚帅挥师巧布兵。
百战边防倭寇灭，功垂明史响威名。

杨靖宇（新韵）

抗联勇将卫国心,东北率军征战频。
雪地粮绝杀日寇,英雄千古赞忠魂。

博客（新韵）

百年回顾不除忧,世界纷争逐利谋。
唯有长歌抒感慨,豪情网上写春秋。

元宵节（新韵）

元夜观灯街市游,情人相伴笑双眸。
幸福聚短离别苦,望月思君不解愁。

春思（新韵）

喜采春花插满头,白云几度证风流。
元宵别后乏消息,夜梦思君难解愁。

民工返乡（新韵）

驰骋摩托十万盔,返乡路远众心归。
春节久盼家团聚,岂怕寒风雨雪摧？

春节回乡（新韵）

故土熟声入耳亲,惊奇乡貌变化新。
久别会友佳节醉,乐不思归都市门。

古春闺（新韵）

仲春河畔夜香留，少妇凭窗眺舣舟。
鸿雁未来书再写，胜于望月使人愁。

盼归（新韵）

秋雨寒江垂柳矶，泊舟点水雾沉迷。
凭栏观岸良人盼，浪子天涯误信期。

龙舟赛（新韵）

端午岸观千百群，龙舟竞赛健民身。
摇旗划桨齐发力，击鼓号声又一轮。

丁香女（新韵）

送君柳岸赴扬州，素雅娉婷夏影留。
淡紫丁香临伞下，含情浅笑慧双眸。

春晨(新韵)

晴曦山秀卷云红,尖笋竹吟扫劲风。
早起健身观户外,一镰弯月挂梧桐。

谷雨(新韵)

朦胧春岭暗云垂,斜落柔丝洒翠微。
飘散清香原野广,百花庄稼感恩霏。

夏晨(新韵)

旭日霞光漫草齐,牧牛散放踏田泥。
苇湖白鹭啄鱼乐,遥看秧苗布谷啼。

初夏观日出(新韵)

晨光斜照绿波清,阡陌秧苗布谷声。
竹下徘徊观夏日,半山林外染霞明。

泥人（新韵）

泥捏彩画手工成，憨态阿福赐大名。
玉带华袍纱帽颤，内无肝胆扮精英。

自然规律（新韵）

宇宙宏观膨胀中，化为四季地球功。
众微粒子乾坤隐，物质循环永久同。

秋日（新韵）

寥廓云天雁送凉,飘零桐叶桂花香。
流连曲径寻芳处,邂逅新菊沐昃阳。

秋夜（新韵）

独吟桂子沁魂香,菊蕾随观着绿装。
柳影湖中波潋滟,雾蒙夜色月蒙光。

渔舟唱晚(新韵)

秋岭披霞晚照西,洞庭湖畔月痕低。
归舟一线轻划棹,半载歌声半载鱼。

自乐(新韵)

烦心琐事付东流,自在光阴不载愁。
世态炎凉承大度,黄花雁阵赞金秋。

秋庐夜（新韵）

庭前香桂鹧鸪声，风剪梧桐叶起程。
赏月写诗搁纸笔，凭窗菊影响寒蛩。

沙洲（新韵）

笛声惊起鹭鸥飞，苇雪洲头红蓼辉。
秋水渡船行渐远，披霞唱晚载鱼归。

秋景（新韵）

眺岭红枫沐日晖,梧桐曲径散芳菲。
喜观鸟雀黄花绽,万里云天征雁归。

悲秋（新韵）

寒门风啸楚山陬,鸿雁无书泪暗流。
晨室思君残梦醒,黄花红叶锁深秋。

访秋（新韵）

征雁深秋柳舞风，菊花怒放桂园东。
诗翁吟唱夫人赞，踏冈寻芳霜叶红。

秋夜吟（新韵）

疏云明月半山亭，园桂飘香歇鸟声。
骚客吟诗犹未倦，松涛阵啸过幽径。

秋寺（新韵）

黄花宝塔雁鸣东，铁鼎轻烟响梵钟。
大殿诵经秋道场，僧人香客礼佛恭。

冬日（新韵）

日晒诗翁手杖搭，门前秃树叫寒鸦。
飘香喜赏红梅绽，卧犬低头不看花。

冬夜（新韵）

梦醒北风摧瓦房,庭牵竹叶画西窗。
疏星伴月云遮去,感叹梅花傲骨香。

冬日黄昏（新韵）

雪后冬墙手杖搭,寒风秃树叫昏鸦。
夕阳小院红梅绽,缓步闻香喜赏花。

八一颂(新韵)

血肉长城钢铸坚,南昌起义斗争先。
和平卫士人民颂,锦绣中华龙跃安。

同学会(新韵)

2014年秋,赴芜湖参加毕业五十周年同学会。

五十年后会同窗,握手言频喜若狂。
秋聚江城游母校,促膝宾馆话沧桑。

终局(新韵)

世界沧桑规律从,适应进化物常荣。
反思生命玄机悟,逝者如斯自古同。

思母(新韵)
至2016年,母亲已去世二十年,故写诗以怀念。

母亲仙逝二十秋,洒下甘霖子女收。
笑貌慈容犹在目,感恩思念未能休。

秋色(新韵)

黄菊晚秀守秋色,丹桂迟开恋晚霜。
落叶纷飞飘去处,红枫似火胜骄阳。

反腐败(新韵)

反腐倡廉成果多,"苍蝇""老虎"不偏颇。
监察民众围天网,权力寻租必定捉。

贪官（新韵）

权力寻租贪欲浓,违法乱纪必成空。
往昔富贵今安在？梦醒南柯锁狱中。

冬村晨景（新韵）

鸡鸣枣院闭房门,小径晨霜满野村。
弦月轻烟依远廓,红梅犬吠穑田痕。

玉兔探月（新韵）

长征火箭赴蟾宫，玉兔嫦娥万里穹。
实现神州千古梦，飞行绕落月球中。

墨兰（新韵）

此物人称幽谷君，几番培育进寒门。
花穷时段尤香艳，只为先争第一春。

春分（新韵）

稀疏雨脚落园扉，春日平分几户回。
莫道山中皆向晚，同村姑嫂已摘莓。

闲坐（新韵）

流水融冰信有期，红花绿草柳垂低。
秋冬春夏无穷事，不妨闲听布谷啼。

蝶舟（新韵）

一夜春风不自休，白云枯瓣几片留？
飞来彩蝶池中落，荡叶长偎作小舟。

无题（新韵）

竹密不妨流水归，山高能阻野云飞？
东风常伴蔷薇住，灿烂春光寂寞回。

春雨(新韵)

含羞出浴杏花娇,蕊露含香护玉苞。
夜雨多情应吻遍,缠绵草地醉春朝。

论诗(新韵)

起句高昂承句稳,山回路转巧成篇。
汩汩泉水云纷至,言尽意余自翩翩。

点评诗(新韵)

巧构灵思意蕴深,诗中有画美如春。
描山写水形神旺,实属佳篇入眼神。

踏春(新韵)

桃红柳绿迷人醉,听鸟观花去踏春。
攀杏寻樱春意闹,蜂飞蝶舞忘其身。

春早(新韵)

岚烟远黛隐翠微,犊蹦河堤去又归。
燕掠蓝天同比翼,鸳鸯戏水互追飞。

纪念香港回归二十年(新韵)

紫荆花育二十春,高树斑斓赞叹根。
崛起中华阔步走,和谐路上梦成真。

小山村(新韵)

夏日幽篁农舍荫,炊烟几缕袅丛林。
鸡声雀鸟嘈杂唱,时有阿黄狂吠频。

凉台(新韵)

增加实惠用凉台,白菜辣椒两样栽。
只想端阳能采果,谁知四月满枝排。

江边晨景（新韵）

日照沙洲鹅起舞，微风红叶映霞天。
江腾薄雾船浮影，村道牛羊犬吠喧。

犁田（新韵）

水镜霞光万里嫣，扬鞭一扫碎蓝天。
春牛犁土犁星斗，稻谷梦中垂万千。

布谷鸟(新韵)

朝宵叫唤紧催耕,正是插秧麦眼朦。
村老披星挑晓月,田间土畔苦支撑。

秋收(新韵)

金风红叶映霞天,犬吠鸡鸣出野轩。
秋收农田机声噪,往返车人打稻喧。

书法(新韵)

有缘笔墨羡颜王,朝暮临摹手底强。
岁月坚持凭毅力,终成大器使增光。

垂钓(新韵)

三月阳春景色鲜,郊游携篓到湖边。
人间乐事有多少?垂钓逍遥最神仙。

国庆七十周年感怀（新韵）

华夏光辉七十年，文韬武略定坤乾。
腾飞经济民致富，四海高歌万象妍。

风筝（新韵）

迎风飞舞乐逍遥，敢与白云试比高。
嘲笑大楼低矮个，谁知线断倒摔跤。

题教育改革(新韵)

校园改革喜求真,德智体美教育新。
实现中华崛起梦,少年要做接班人。

送老妻陪孙子读书(新韵)

平时争论似无情,一旦分离绪不宁。
张嘴沉言心里乱,擦干泪眼送其行。

心态（新韵）

不羡官衔不羡财，平生独立亦安哉。
病人医治需精业，知足无贪免祸灾。

登泰山（新韵）

曾度天门万步回，泰山见识上高台。
攀登绝壁随云往，俯视群峰驾雾来。

山村夜（新韵）

残阳坠落小山中,夜幕来临起北风。
闭户炊烟霜打树,云遮皓月暗樟松。

渔民（新韵）

摇桨飞帆船作家,江枫渔火照莲花。
行云变幻星光闪,蓦地生出小月牙。

雪梅（新韵）

造化推排力自强，非关着意占年芳。
全花乱雪虚埋设，倾国人知有此香。

五律

WU LÜ

元旦（新韵）

2013年元旦,有客来访畅谈,相约季春时同游。

新年迎客至,常处友情真。
坐凳聊闲话,饮茶围火盆。
创新廉政好,依法改革深。
短聚同欢笑,远游约季春。

春游（新韵）

2018年春,随众人游枞阳县大山村。

远眺彩霞雯,踏青随众人。
鱼游浮静水,风过串鸣禽。
牵柳柔枝动,拂松细叶矜。
春山烟霭美,尖笋冒竹林。

立春（新韵）

杨柳岸边垂，池塘转绿回。
枝栖灵鹊叫，树蹿鹧鸪飞。
牵叶风竹动，迎春花草窥。
远观山顶雪，漫步赏红梅。

早春（新韵）

春暖回寒日，山林薄雾时。
耳闻灵鹊语，目送素云辞。
牵柳清风舞，吻梅微雨滋。
江南烟缘处，人诵杏花诗。

春雪（新韵）

早春飘冷絮，空散玉龙鳞。
曼舞红梅笑，飞扬翠柏侵。
虬松堆素屑，嫩草裹银尘。
盖土滋田地，麦苗怀感恩。

春乡观日出（新韵）

2011年春，独自步行至金山村观日出。

群鸟栖枝晓，孤村绕雾轻。
松涛疑似雨，涧水若为声。
路转春花见，诗吟云雀行。
金光飞碧散，远眺日徐升。

春游枞阳浮山（新韵）

1998年春，偕友人同游枞阳县浮山风景区。

登山探洞跻，俯瞰稻秧低。
松岭飞石险，仙床跨隘奇。
阳光笼锦绣，碧水旷神怡。
百步云梯陡，人攀布谷啼。

春游天堂寨（新韵）

2012年，偕文琴、怡晨及朋友同游金寨县天堂寨。

春风峭壁间，登顶路曲盘。
雾障遮幽谷，花开映碧潭。
密林鸣百鸟，朗日沐千山。
高处着奇景，诗吟篁翠鲜。

游枞阳莲花湖(新韵)

2001年春,陪同亲戚游枞阳莲花湖公园。

心爱莲湖美,吟哦不忍行。
波澄唯夜月,柳碧叫朝莺。
游客纷来至,浮云遂去匆。
春花深浅色,皆恋阵风清。

山茶花(新韵)

蜡叶萌春碧,嫣红缀旧枝。
笼烟才晚聚,垂露已朝辞。
冷艳初妆秀,妖娆故影姿。
诗翁吟妩媚,寻访解相思。

杏花（新韵）

彩霞合倩影，绽放谢东君。
瓣浅风无力，枝高月有痕。
繁花凝晓露，双鹊串黄昏。
烂漫诗翁醉，琼脂正闹春。

樱花（新韵）

淡红繁胜景，绽放似霞雯。
树静风乏力，花荣叶少痕。
游蜂伏蕊踞，灵鹊串枝巡。
旖旎诗翁赞，妖娆已占春。

梨花（新韵）

晶莹素雅林，炫目似白云。
五瓣花含蕊，千枝叶露身。
香飘弥果囿，蜂采挣须心。
叹咏妖娆美，芳容全仗春。

昙花（新韵）

夏夜月如弦，琼华翠叶间。
金丝齐展媚，雪蕾复开颜。
风韵清香溢，诗情白纸添。
晨收留靓影，灵气似谪仙。

咏松（新韵）

严冬大雪摧，傲立不低眉。
寂寞闻天籁，虔诚沐月辉。
风狂接叶啸，日烈展枝威。
节劲千年颂，根揳百丈岿。

咏兰（新韵）

幽谷胡姬①秀，春风送婉馨。
根粗白御秽，叶瘦绿弥贞。
花骨冰心绽，蛱蝶粉瓣闻。
节操常咏颂，君子誉红尘。

---

①兰花又名胡姬花。

咏竹（新韵）

春笋见光发，虚心亮翠华。
冲高惊草木，盘底聚山崖。
滴露垂青叶，拒风吟绿家。
松梅同斗雪，瘦骨碧无瑕。

咏菊（新韵）

秋院黄花绽，琼枝绿叶间。
霜蒙特傲骨，雨润枨仪冠。
赭蕾迎风立，金钩送客弯。
不曾攀富贵，端仁忆陶潜。

咏梅（新韵）

冬寒千草隐，蜡蕊报春时。
久誉舒香韵，孤高显玉姿。
喜迎风雨舞，勇斗雪霜思。
独语林逋醉，花妍慰抚痴。

咏樟（新韵）

霁日观高树，幽香伴鸟声。
凝霜晶叶炫，控雪褐枝衡。
华盖遮荒草，繁根潜野坪。
吉祥苍四季，屹立斗狂风。

夏登黄山(新韵)

1986年8月,赴黄山旅游,览北海,始信峰,泡温泉。

峥嵘秀丽添,云海锁峰严。
石怪飞崖顶,松奇问客前。
温泉污垢洗,白练细流遄。
夏岭登高处,游人似众仙。

观云海(新韵)

1986年夏,登黄山始信峰观赏云海景色。

攀高登夏岭,耸立古松萌。
足踏巉岩壁,身及海浪云。
轻烟遮岫谷,重雾锁霞雯。
饱览仙漪久,奇观共赏心。

白云禅寺[①]（新韵）

古刹俨清规,钟声响翠微。
鸟鸣墙外树,光照寺中碑。
缭绕袈裟净,空灵宝塔辉。
经文恭诵毕,香客喜心随。

九华山（新韵）

2013年春,赴九华山旅游,登天台寺有感。

天台香客稠,登顶览峰幽。
百庙灵山现,千僧戒律修。
人潮兴古刹,经诵响钟楼。
万物皆因果,三生报应收。

[①]白云禅寺位于安徽省庐江县。

龙门石窟（新韵）

2004年春,随团赴洛阳龙门石窟参观。

数代龙门筑,隋唐北魏周。
千条碑寺亮,万座壁龛幽。
佛洞西山聚,麓滨伊水流。
诗翁心赞叹,瑰宝众观游。

白云医院①（新韵）

院内雾全驱,冬楼闻鸟啼。
素云天广远,白荡水平低。
医护精心治,人群防病宜。
夜深忙抢救,墙外叫雄鸡。

①白云医院位于枞阳县项铺镇。

清明节（新韵）

2017年春,随家人赴枞阳县汤沟镇彭山村扫墓。

白昼停疏雨,春山添绿深。
鸟鸣栖碧树,墓静远红尘。
小径旁花草,阖家祭祖坟。
追思先辈事,遥寄感恩心。

端午祭（新韵）

峨冠衣履烂,吟唱汨湘坡。
秦甲传捷报,楚徒悲恸磨。
三闾凄不语,重五愤投河。
华夏千年祭,龙舟粽子多。

立秋(新韵)

垂柳蝉声响,中伏热浪逼。
新秋虫夜舞,归树鸟巢栖。
枝挂榴夹叶,茎攀藤绕篱。
天穹河影淡,星宿斗勺移。

处暑(新韵)

落霞飞亮彩,鸟雀度秋欢。
草舞舒凉径,蝉鸣处暑烟。
黄榴垂北树,白鹭宿西湾。
旷野吟诗颂,清风柳叶牵。

秋分（新韵）

白鹭度浮云，秋高少垢痕。
香飘园桂子，风过冈松林。
节气非常解，丰收业喜闻。
天时平昼夜，寥廓日西沉。

白露（新韵）

节序催黄叶，清晨露水凝。
雄鸡啼后院，喜鹊串前庭。
气爽流云过，天高旷野迎。
良田秋日照，棉稻好收成。

寒露（新韵）

微雨午时停，风吹便报晴。
浮云烟霭树，峭岭雁回声。
酒醉思还困，寒侵坐不成。
夜深秋院静，叶上露徐盈。

霜降（新韵）

秋桐落叶纷，翠柏抗寒侵。
溪瘦流声悄，田闲露稿痕。
微风潜月夜，衰草降霜晨。
喜咏黄花绽，徘徊百感身。

立冬（新韵）

林中枯叶落，旷野素云高。
徐露晨时聚，完秋冬季交。
风寒吹杏岭，水瘦过石桥。
独咏徘徊处，黄花慰寂寥。

小雪（新韵）

云低随意游，雪子洒河丘。
秃树弹枝散，闲田润土收。
鸟栖风啸过，草萎叶枯留。
惆怅吟诗处，黄花慰抚眸。

大雪（新韵）

旭日照窗扉，鸡鸣舞蹈回。
雾凇冰树挂，鸟雀暖巢偎。
雪盖藏枯草，香飘绽艳梅。
开门清户径，岂怕冻身羸？

冬至（新韵）

薄雾罩冬阴，黄梅透婉馨。
后人当祭祀，先辈感怀亲。
鸟去秃枝颤，鱼藏冷水深。
朔风吹大地，短昼日西沉。

小寒（新韵）

幽香梅韵送，寂寞冷园孤。
夜卧棉衾暖，风吹草叶枯。
严冬夹雨雪，古柏傍松竹。
更喜新春近，安详梦境舒。

大寒（新韵）

银絮漫天输，轻飘盖草枯。
冬寒原野净，水缓冻冰浮。
镶瓦千家雪，观梅万朵珠。
麦苗传喜报，虫害盼消除。

秋晨（新韵）

秋田露穑痕，蛙躲影难寻。
翠柏休坡地，黄鸡叫院门。
鸟飞栖杏树，雾绕锁杨村。
独咏黄花颂，斯人不可闻。

秋日游山（新韵）

秋风随野径，过冈小桥临。
手洗山泉冷，身遮柳树荫。
依亭观静谷，颤叶窜鸣禽。
攀隘长柯拄，天穹楚域新。

晚秋(新韵)

田野无棉稻,红枫仁冈坡。
天高飞大雁,水瘦淌长河。
残叶飘桐树,凉风散薜萝。
黄花姿淡雅,旖旎喜吟哦。

大熊猫(新韵)

中华国宝稀,山野密林羁。
身短蹒跚走,头圆蜷睡栖。
白牙竹笋啃,黑爪树枝依。
圈养公开展,围观游客迷。

丹顶鹤（新韵）

秋飞南淀浦，春徙北芦洲。
白羽仙风骨，红冠道氅裘。
成群啄水面，求偶宿滩头。
翅舞高吭月，梦思黄鹤楼。

白鹭（新韵）

春光漫草新，飘雪度流云。
身落泥滩立，翅飞湖沼巡。
孤独啄水面，求偶舞沙滨。
美丽白天使，和谐保护禽。

乡居（新韵）

乌云昨夜遁，布谷树枝啼。
晓月临窗近，银河过岭低。
窝中蜷老狗，门外叫雄鸡。
出户观天色，村翁种菜畦。

归日（新韵）

小院鹧鸪飞，梧桐沐日晖。
鼓蛙曲岸响，碧柳暖风吹。
路自田间过，村由麦浪围。
打工离久远，三夏始当归。

秋夜思（新韵）

秋床人不寐，起坐就诗吟。
逾户观弦月，迎风拢素襟。
星蒙冥北斗，鸟宿静南林。
桂院寒蛩响，徘徊寂寞心。

冬晨（新韵）

霜鸡鸣小径，旷野雁难寻。
柏树闲旁院，诗翁出后门。
云高飘杏岭，水瘦过桥墩。
萧瑟徘徊处，吟哦冷月痕。

人生箴言（新韵）

寡欲精神爽，无眠气血衰。
奢华多乱性，节俭免伤财。
健自勤劳始，福从乐寿来。
和谐终有报，霸道必招灾。

古稀感怀（新韵）

2014年，吾已是古稀老人，有感而作。

白首人生悟，七十赤子心。
灵魂宜淡雅，私欲不沉沦。
眼界登高远，胸襟化广深。
言行长自律，福至永怀恩。

读史（新韵）

读《二十四史》后有感而作。

历代闹权争，兴亡走马灯。
骄淫崩社稷，得势保朝廷。
战乱民非愿，安闲帝祚承。
螺旋循律久，成败道潜行。

中国梦（新韵）

经济全球滞，神州进步昂。
洋流掀海啸，钢铁筑堤防。
超越强国震，革新创业忙。
中华崛起梦，福祉彩图张。

"玉兔"登月[①]（新韵）

月桂伴嫦娥,吴刚寂寞多。
隐约临宇宙,俯瞰恋山河。
"玉兔"留凹地,鹊桥连电波。
"神舟"来探望,喜泣舞高歌。

赠友（新韵）

寰球同九霄,霁日彩云飘。
虎啸三山震,鹏飞万里遥。
胸襟宜广大,秉性忌贪骄。
共勉挖潜力,扬帆趁涨潮。

[①]2013年12月2日,"嫦娥三号"探测器携"玉兔号"月球车登上月球背面。

喜翁（新韵）

喜鹊叫春风，桃花带雨红。
只言今日笨，休恋往年雄。
山海情如故，神州梦大同。
浮生多少事，白发老诗翁。

大自然（新韵）

银河从宇宙，古爆久迷茫。
雾障遮晨月，云飘送昃阳。
沧桑无往复，大地自洪荒。
延续全生代，时间遁远方。

暗物质[①]（新韵）

宇宙正膨胀，太空非物荒。
数优微质暗，斥力动能强。
黑洞全吸入，恒星远逸藏。
科学求探索，谜底待参详。

古航行（新韵）

行舟天际还，载客过巫山。
浪骇拍边垇，涡漩递下川。
牵绳身拽后，逆水手扶前。
不进常忧退，人生怎敢闲？

[①]暗物质是许多物理学家在努力探索的一种未知物质。

古画(新韵)

书房墙上挂,观赏赞芳名。
人物寻常貌,山川素雅形。
彩描添画美,白置显云生。
翰墨留瑰宝,珍藏万古情。

貂蝉(新韵)

夜舞歌声妙,离间巧计安。
羞花惊汉相,闭月赛天仙。
吕布约亭会,董贼投戟偏。
借刀凭色诱,美女喜除奸。

诸葛亮(新韵)

三顾隆中对,江焚赤壁舟。
西伐征蜀据,北扫震曹谋。
巧计平蛮子,空城退懿侯。
积劳忠武逝,智慧颂千秋。

秋香(新韵)

阆院已黄昏,花香飘季春。
恰逢升皎月,独少有情人。
寂寞姝闺女,无端绞素巾。
唐寅诚试探,点破获芳心。

异国思(新韵)

思君难夜眠,独自异国怜。
寂寞常流泪,忧愁少笑颜。
鸳鸯偎梦境,皓月盼团圆。
上网频发问,何时把手牵?

恋人(新韵)

相思梦醒中,夜半手机通。
身处情真切,心依欲渐浓。
姻缘休错过,爱恋不妨从。
莫负青春去,长需伴侣忠。

春游铜陵天井湖(新韵)

纵目湖光美,桥间不忍行。
波澄围榭岛,柳碧叫禽莺。
墨客游幺苑,浮云越五松。
春花深浅色,皆恋阵风清。

三生情(新韵)

邂逅潜心肺,相逢动魄魂。
朝思常幻梦,暮想每迷人。
十世同船渡,三生共枕春。
阴阳谐万物,爱润至情真。

春（新韵）

鲜蕊芽儿赤，枝头绿意新。
鸭嬉波掌浪，鸟噪嗓甜人。
满眼生机景，群山锦绣春。
岚烟缠远树，紫燕剪泥尘。

燕子（新韵）

起舞掠云霓，做巢檐下栖。
双飞同比翼，对唱共喃呢。
剪雨田畴处，穿风岸柳堤。
深情归故土，两代共欢嬉。

桃花结（新韵）

初情凝嫩蕊，有赖暖东风。
粉脸熏朱色，霓裳俏芳容。
依枝春意动，对影气神融。
难得殷勤至，寻君物更丰。

芍药（新韵）

花吟赞美诗，绝顶簇生时。
无意争春艳，平心伴夏枝。
含羞庭院立，害臊令郎知。
调治阴虚热，康肝止痛施。

自驾游（新韵）

昔日古荒阡，今朝坦道环。
开车休脚力，望景叹楼栏。
眼耀红瓷瓦，烟炊野味餐。
雀鸣鸽子舞，少小锦衣衫。

墙头草（新韵）

无奈墙头立，风吹倒两边。
根浮因浅土，命大少桑田。
篱舍寄人处，吞声养性圈。
奴颜非本意，自选受凌残。

渔夫（新韵）

江湖多风险，世道小孤舟。
四面汹涛滚，一隅乱钓钩。
阴岩飞鹰隼，河滩找鲤鳅。
见惯蛇蛙戏，安然度岁留。

忆故乡（新韵）

微波光闪闪，落叶窃窃声。
苍海生明月，天涯忆旧情。
河边船尾动，眼里泪花盈。
半百漂流客，夜深思故庭。

探春(新韵)

一年心事了,腊酒待闲暇。
梅底春相近,田边草吐芽。
鹅黄生岸柳,粉黛上枝杈。
连夜东风暖,蜂飞蝶吻花。

晴夏(新韵)

初晴万物新,荷叶露珠粼。
榴火嫣红醉,枝头绛杏薰。
黄莺歌婉转,少妇笑清音。
院落藤篱绕,闲聊就树荫。

清明节祭（新韵）

两界隔坟望，冥钱寄子心。
更深惊梦醒，落寞满哀吟。
欲孝人何处？追恩雾乱侵。
青松滴泪下，涧水奏悲音。

情人节（新韵）

去岁约相会，莺声耳畔鸣。
茶花开妩媚，孤子晃幽灵。
连夜西风起，邀杨乱叶惊。
相思真苦闷，四海觅芳卿。

卡塔尔世界杯（新韵）

足球世界杯，劲旅夺冠中。
脚踢穿门入，头捶飞弹轰。
球星拼技力，团队显神通。
卡塔掀狂热，满场声浪汹。

春分（新韵）

云山群岭秀，杨柳嫩芽充。
油菜铺金毯，桃花抹脸红。
牛犁秧稻梦，春语日分中。
燕剪田边水，天遂人意雍。

广西巴马长寿村（新韵）

漫步幽村道，遥观山水廊。
天清空气醉，河静小漓江。
白发家翁老，秋霜百岁娘。
神仙离洞府，宛住在回庄。

论灵感（新韵）

共鸣生兴趣，意动笔随行。
视景源泉涌，循章意境成。
库存开慧智，旧识闯心灵。
道粹非容易，只缘早有形。

牵牛花叹（新韵）

牵上青藤处，鲜花向日开。
风来斟玉液，蝶舞啃红腮。
秋媚舒心展，冰侵冷脸哀。
兴荣成反比，浓淡自删裁。

薛涛（新韵）

古院一桐树，风吹叶颤中。
身迎南北客，才致四方红。
八岁青楼语，中年染病容。
右丞元稹别，不再露行踪。

人在江湖（新韵）

天上云舒送，人情总觉寒。
江湖谈道义，锦鲤拽钩竿。
身挚经风雨，言衷动键盘。
晚霞晖落日，大地彩虹添。

夏日午休（新韵）

夏日宅炎热，空调憩午凉。
雨滋蕉叶翠，风过藕花香。
舞燕飞阡陌，流莺歌院墙。
中华奔富裕，民物乐时光。

七律

QI LÜ

春日（新韵）

手捧香茗望彩云，读书上网觅知音。
学佛宁静慈悲目，怀古沉思感慨心。
红杏桃花添岭俏，蓝天白鹭绕湖巡。
知足偷乐诗吟诵，半是凡夫半是神。

西湖柳（新韵）

1994年春杭州西湖游后感。

春湖翠柳伴桃幽，邂逅行人叶害羞。
半扭腰肢风力软，长舒眉黛月痕收。
白堤碧树闻莺唱，曲院琼枝报鹊留。
千缕含情桥塔畔，画船客醉尽回眸。

桃花（新韵）

缕缕晨光逐树添,夭夭岭上彩霞边。
红腮半顶东风袭,琼蕊全迎旭日前。
蜂吻花心忙采蜜,枝截柳絮欲缠绵。
空嗟凋落残春去,旖旎桃源竞吐妍。

咏牡丹（新韵）

武周抗旨未封侯,绿叶盘根几度秋。
蝶吻天香千草赞,蜂拥国色百花羞。
独吟彩瓣雍容绽,群摄仙葩倩影留。
应喜盛装春妩媚,吉祥华贵两兼收。

咏栀子花(新韵)

夏枝沾雨试新妆,蓓蕾微开绿叶藏。
借到梨花如雪色,偷来桂子沁魂香。
盈盈缓放舒晴日,脉脉含情对月光。
为谢园丁辛苦意,仙葩婉秀赋华章。

春园(新韵)

2001年春,游枞阳县莲花湖公园。

媚柳斜飘藤架东,昼长喜坐沐春风。
一丛蔓草侵阶绿,千朵桃花迷眼红。
香召游蜂伏瓣内,枝鸣灵鹊蹿云中。
落霞池照涟漪美,低咏徘徊兴不穷。

春乡观日出（新韵）

2010年春,清晨步行至金山村小路观日出。

晨光斜照绿波清,阡陌石桥缓步行。
田野鸟翔衔瑞草,溪流鱼泳吻飞英。
叶垂露水沾衣裤,枝颤桃花迎面风。
竹下吟诗观旭日,半山林外带霞明。

渡口（新韵）

铜陵市大通镇和悦洲渡口系古渡口。

江岸小轮方见回,笛声惊起鹭鸥飞。
客行阡陌抄捷径,雀落沙洲隐翠微。
春水东流枫渡涌,夕阳西下柳枝垂。
披霞收网渔歌响,喜载鱼虾划棹归。

立夏游(新韵)

2001年立夏,游枞阳县白云岩景区。

初夏郊游喜散心,蜿蜒小径绕山村。
齐夸洞隙多遐趣,独爱溪流无臭浑。
幽谷疾风吹野草,疏枝颤叶窜鸣禽。
榴花忽见殷红色,不负春光又一轮。

春游天柱山(新韵)

1999年春随旅游团游天柱山作。

漫山绿树鸟啁鸣,远眺巨石迎劲松。
疏雨悬崖岩壁暗,修竹瀑布杜鹃红。
随观穴洞游溪谷,缓步庙堂参梵宫。
千仞孤峰春吐雾,倚天戴帽躲云中。

游宜兴张公洞(新韵)

1994年夏,游宜兴市张公洞等处。

张公果老迹留传,修道竹林山洞间。
已忘遨游乘鹤客,追思议论坐驴仙。
深穴碎砾参差走,坚壁嶙峋用力攀。
钟乳垂石锥屹立,神游坡磴古遗坛。

夏游农家乐(新韵)

2016年夏,伴友人游枞阳县梦之谷农庄。

仲夏西郊新院宅,竹林深处踏青苔。
鸡鸭菡萏鱼浮水,桃杏金蝉翅唱槐。
手摄蜂蝶瓜菜舞,眼观菌果大棚栽。
品茶赞叹农家富,树影花香入户来。

夏日乡村游（新韵）

2002年夏游枞阳县白梅乡孙畈村。

近岸流光漫草及，桥遮燕子嚼淤泥。
风牵柳叶竹林啸，田颤秧苗布谷啼。
绕树蛱蝶斑翅舞，巡湖白鹭苇丛栖。
踌躇寻路惊飞鸟，借问村姑正浣衣。

夏湖（新韵）

诗写枞阳县白荡湖夏景。

仲夏流光芦苇滨，划船老汉把鱼寻。
受惊白鹭飞天去，伴舞蜻蜓点水频。
日照湖中浮菡萏，虫栖花上响鹌鹑。
采风眺望长堤外，倒影南湾柳树林。

小湖①秋色(新韵)

秋日流云荻苇滨,蓝湾来客钓鱼频。
惊飞白鹭冲天去,留住残荷恋水矜。
湖面青萍藏蟹藕,滩头红蓼响蛮蚊。
吟诗喜眺长堤外,倒影千行翠柳林。

夏日(新韵)

芭蕉叶展试熏风,萱草花开烈日迎。
数点新荷浮绿水,一双旧燕过兰亭。
入伏暑气时发困,卧室凉席午睡平。
吵起烦心荫处立,揭竿驱鸟止蝉鸣。

---

① 小湖,指枞阳县白荡湖。

秋游西湖(新韵)

美景从来说浙杭,孤山绿屿尽徜徉。
枝垂柳叶苏堤秀,风贯秋园桂子香。
花港日观鱼锦簇,平湖夜映月成双。
亭船曲径游人赞,沉醉塔桥佳画旁。

古离别(新韵)

柳叶风牵画渡桥,舟停江岸待春潮。
蝶从少妇身前过,絮向夫君手上飘。
细语唠叨千百句,柔枝枉断二三条。
却怜相送缠绵意,难解人间怨寂寥。

古春愁

残春且伴杜鹃留,河畔飞翔几鹭鸥。
天上浮云风散净,巢中宿鸟树遮羞。
画船入夜闻弦曲,少妇凭窗眺舣舟。
鸿雁未来书再写,胜于望月使人愁。

七夕情人节(新韵)

飒飒秋风颤绿蕉,姑娘乞巧院中邀。
铜炉祭品盈香案,夜月垂钩挂树梢。
手绣荷包三四日,针穿彩线数十条。
七夕情侣观银汉,织女牛郎渡鹊桥。

重阳节（新韵）

阅历古稀经坎坷，童心未泯补蹉跎。
赏菊饮酒食糕饼，观鸟吟诗踏冈坡。
世态炎凉承大度，知足常乐不随波。
秋高重九夕阳好，对镜沉思白发摩。

居家有感（新韵）

慢品香茗空对山，读书上网自悠闲。
念佛宁静慈悲诵，忆古沉思畅想翩。
梦境难寻无骨相，智愚未解用机缘。
知足常乐诗花酒，面壁怀真不羡官。

写诗（新韵）

愧无七步怪天才，佳作尤需慢慢来。
置换旧词诗复诵，推敲新句户徘徊。
托腮苦想七八处，乱发搔脱四五回。
一世温情圆旧梦，虔诚奉献不空哀。

文缘（新韵）

退后蜗居十几春，结缘网上写书文。
求师李杜空如意，寻访苏韩总不真。
百首诗词圆旧梦，半生琐事累雄心。
有人若问当年状，难忘浩劫伤痛痕。

处事(新韵)

心中切莫刺深藏,恶语相争两败伤。
富贵浮云需谨慎,沾私小事不逞强。
干戈世界居常态,放眼人生忌寸光。
福到知足贪欲戒,厚德宁静享安康。

夜航(新韵)

1983年秋,登长江江轮从上海到池州港,有感而作。

秋山红叶伴鸟啼,日落风停微浪低。
归客重游观岸景,江轮缓驶过滩矶。
相逢窄汊浮萍暗,驱散繁星荡月晰。
往事恰如流水去,痴情不忘暖心宜。

黄昏恋（新韵）

秋江望尽向东流，正伴伊人看鹭鸥。
曲径石桥牵手过，公园长椅恋情留。
湖波划桨船中坐，桂子飘香树下游。
再续晚年寻伴侣，夕阳缘到两心投。

秋声（新韵）

南坡风啸叶飘林，北冈松涛游客闻。
岭上飞鸿如哨响，溪中流水似琴音。
鹧鸪百唤行人耳，啄木千敲病树身。
月夜寒蛩吟唱久，只因难舍恋情真。

秋忆（新韵）

秋高寥廓楚天苍，远际孤舟闪镜光。
情送归鸿飞杳杳，思随流水去茫茫。
红枫旭日飘晨叶，雪苇泥滩掩夜霜。
骚客徘徊时眺望，长河波碧忆潇湘。

论风（新韵）

和熏金朔递相吹，岁季循环转复为。
夏聚乌云千草暗，春拂绿叶百花辉。
秋凉护送飞鸿去，冬冷偷携舞雪归。
登岸台风夹暴雨，广摧宅物万人悲。

古戏曲（新韵）

剧编旧事写词新，且借优俳扮古人。
白雪阳春和雅曲，高山流水伴知音。
融情演唱姻缘债，褒贬沉思唤醒魂。
百姓同观身受教，文明正气永传存。

冬雪（新韵）

朔风劲扫冈松呼，遍落鹅毛盖草枯。
白絮轻飘遮岭幻，黄河缓淌冻冰浮。
银镶屋顶千家雪，粉嵌梅花万朵珠。
滋润麦苗传喜讯，农田虫害盼消除。

自叙(新韵)

霞光瑞兆傍山居,窗外湖田绿草齐。
一世与人和气处,半生治病尽职需。
鸟悠飞树晨鸣噪,翁喜吟诗夜入迷。
莫道退休无所事,结缘网上写三余。

姜太公(新韵)

渭水东西昼夜流,子牙曾坐自垂钩。
饱学寒士先谋日,空钓文王晚助周。
统帅灭商尊尚父,改朝裂土定诸侯。
建功创业封齐地,白发八十巧运筹。

郑和下西洋（新韵）

巨舰升帆驶海洋，明朝船队远征航。
银河皓月天星拱，赤道乌云风暴狂。
探险绘图千岛至，外交贸易百国忙。
和平七下丝绸路，伟业先驱彩塑昂。

扬州八怪（新韵）

瘦湖观景塔桥湾，坎坷人生聚画坛。
潇洒离经疑叛道，遭逢正统本随缘。
平民疾苦诗间记，清士忧愁世运难。
结义鲲鹏怀壮志，扬州八怪盛名传。

白玉堂[①]（新韵）

陷空岛上晚霞红,团坐厢房练内功。
弦乐音传梅院北,武籍手览画堂东。
安良除暴行天道,劫富资贫助大同。
秋桂飘香圆月夜,义侠舞剑啸西风。

咏野菊（新韵）

田野丛中寂寞生,娉婷伫立报秋荣。
蜂飞蝶舞寻无迹,蕊冷香飘总有名。
坚草蒙霜垂绿叶,柔花伴雪绽黄英。
人生坎坷抒菊志,休使忧愁降锐穷。

[①]白玉堂,武侠小说《七侠五义》中的义侠。

安庆市（新韵）

迎江寺外宜城渡，浪泊沙洲起野凫。
北倚龙山鹰隼舞，东邻白荡大桥铺。
全城扩建连枞楚，万象迎新规草图。
凤翥来仪瑞气驻，龙骧亢跃耸新都。

咏蛙（新韵）

蝌蚪不嫌农药存，池塘蛙鼓响头春。
清明歌唱风和韵，谷雨秧插国泰根。
应变随缘生自在，逆来顺受度销魂。
别看老眼昏花客，蛇口流涎亦乱神。

微风（新韵）

潋滟粼光开四野，疏杨摇柳嫩枝稠。
田畦一片青葱绿，岭树千棵叶色油。
拂面吹来凉爽爽，浮云动处慢悠悠。
恰如慈母温和性，问暖嘘寒不企求。

秋暮思（新韵）

秋水白莲出小溪，清流透澈净沙泥。
夕霞五彩余光旺，雀鸟千声蟋韵叽。
北面黄花馨院后，东边银燕向天西。
霜头更懂流年逝，且把孤身倚暮栖。

人生（新韵）

五味人生尝到老，辛酸苦辣世情中。
童真常被奸刁戏，虚假却闻地道忠。
混迹潮流增见识，糊涂脸面助成功。
观牌莫附趋强势，避免结仇冷语凶。

喜雨（新韵）

甘霖连夜下廊帘，收拾锄头效圣贤。
燕语呢喃陪户主，榴枝红火靓娇颜。
留心万物生机旺，注墨三章喜雨篇。
赏赐有缘休一日，开怀我意谢苍天。

村道晨景（新韵）

难得清闲散步悠，惊呼几夜绿田畴。
榴花烟火酩酊醉，桃子嫣红脸眼勾。
犊蹦河堤追黄犬，莺歌杨柳舞白鸥。
一声鸡叫十家应，旭日催生五彩绸。

闲吟（新韵）

自古耕夫自感哭，王权诱导亦宽舒。
虽生怨意虔恭圣，但愿洁廉忤腐儒。
暴逆兴潮船覆水，柔和政治策贤书。
中央力挽狂澜劲，救党强民斩草除。

倒春寒（新韵）

连夜归寒起暴风,园林杏李处飘红。
如胭粉脸烟灰相,似诉春天冷面容。
雾锁山河花绽泪,心焚烈火气填胸。
芳菲只在诗人笔,喜怒无常鬼魅功。

上网（新韵）

邂逅银屏十载多,君诗入目我同歌。
冰霜冷冻春心暖,暑火燃烧绿叶遮。
莫道浮云缥缈影,欣然头像幻娇娥。
今生或许难相会,寄予灵魂共意合。

忘年交（新韵）

老幼诚交情至深，只缘同感显纯真。
诗心灌注人和事，善美和融夏与春。
子美忧民忧社稷，谪仙愤腐愤污尘。
古今千载如眠梦，贫贵灵犀共心神。

嵇康（新韵）

骑鹤扬州腰万贯，遮天蔽日自唯尊。
桃街柳巷风流客，艺苑皇庭成大人。
迫害嵇康魂附体，追求圣曲魄弹琴。
三千弟子知神韵，司马王朝日月昏。

师生（新韵）

渡船渡客谋钱籴，浇果浇花赚食衣。
宰相腹中能棹桨，良师嘴里诱生机。
刚柔相济身消火，金木才逾剑克楫。
感谢诸君仍记挂，怀恩老朽训常提。

打老鼠（新韵）

咔嚓揪心彻夜窸，床头辗转恼心机。
开灯数坐端破绽，咬框千牙视漏席。
扫帚长竿候扫荡，斜睛侧体待攻击。
一声毙命身三跳，躲进穴中静几夕。

咏红薯(新韵)

最佳蔬菜冠军谁?首把低廉薯族推。
保护皮肤延老化,疏通肠胃润颜眉。
癌君气怨寻别道,富病糖哀找佳炊。
自古身微出壮士,忠肝烈胆显神威。

贺2014年春节(新韵)

喜看旧岁除顽病,反腐倡廉忙不停。
广聚民心沾暖气,预期红日化坚冰。
轮回甲午悬羞耻,梦想中华崛起情。
同贺马年春节乐,卫我国土筑太平。

龙抬头（新韵）

春野萌芽绿草柔,青龙二月正抬头。
惊雷蛰爪蛇形动,细雨沾鳞尾隐羞。
远眺巡天朝日月,腾飞昂首炫星球。
人民实现脱贫梦,崛起小康华夏牛。

放生（新韵）

四海生灵困未休,鱼虾何幸得安流?
渔翁仅解撒丝网,女士期能问楚囚。
虫孽未消终有劫,风波难息岂无愁?
放回龟鲫江湖去,不到龙门便转头。

词

Cí

忆王孙·残春(新韵)

寺鸣飞鸟小楼东,
落叶香樟深院同。
败絮残花暮日红。
恼千重,
倦叹疏慵怨晚钟。

忆王孙·惜春（新韵）

飞红凋落伴残春，
一地伤怜问暮云。
芍药牡丹娇贵身。
扫无痕？
舞絮东风煞费神。

长相思·留守女(新韵)

小家穷,
小家空。
儿幼啼哭夜半风,
长宵月似弓。

意相通,
梦相逢。
日久沉思寂寞中,
衣腰渐变松。

长相思·司空山（新韵）

1999年，游安徽岳西县司空山而悟。

上司空，
听司钟。
禅语无形造化功，
轻烟绕殿中。

意方浓，
智方穷。
菩萨慈悲教顺从，
疑团解惑通。

忆江南·荷(新韵)

湖花美,
白玉淡冠红。
吻瓣蜻蜓梳细蕊,
朝霞水上染苞彤。
鱼跃小莲东。

闲纵目,萍末起微风。
努眼群蛙鸣柳岸,
游人笑叶滚珠同。
雨后沁香浓。

南乡子·春游三峡(新韵)

2018年春,游湖北宜昌三峡大坝及葛洲坝景区。

远眺景全收,
楚域身临旅客稠。
截断巫山滩涂险,
解忧,
发电航行世界牛。

春水缓东流,
叠翠西陵尽眼眸。
驶入船闸观室壁,
乘舟,
两坝三峡伟业讴。

南乡子·秋游长江（新韵）

1983年，乘江轮夜游长江而作。

秋水正东流，
独伴西风看鹭鸥。
琐事浮云终是梦，
何求？
一世温情解百忧。

天上挂银钩，
自在光阴不载愁。
驶过大桥迎曙色，
乘舟，
喜泛长江作畅游。

中秋词（新韵）

镜升临，
月圆旻，
望似一盘银。
广寒寂寞嫦娥舞，
素彩接乾坤。

桂花香，
酒芳醇，
愿饼复平分。
举杯万户情怡乐，
齐盼物华新。

品令·折梅(新韵)

远山云起,
小桥外,
池塘寂。
晚来风急,
盈花正呇,
残阳霞丽。
瘦骨沉思,
霜雪冷香飘逸。

玉姿寻觅,
问折取,
谁能寄?
携琼归第,
会心微笑,
冬寒紧避。
馥郁前厅,
遍赏众人欢喜。

永遇乐·七十书怀(新韵)

暮草斜阳,
雪涛烟浪,
吴岸潮楚。
北岭彤云,
南坡染叶,
美景红无数。
秋高百丈,
我年七十,
岁月古稀如露。
纵观来,
山川秀丽,
水间两三鸥鹭。

冯唐易老,
江郎才尽,
得失怎能相诉?
傲骨铮然,
逢迎耻取,

只喜诗词著。
书空无语,
一瓢自得,
瓦釜雷鸣休顾。
且高卧,
神游万仞,
九霄独步。

渔歌子·采茶(新韵)

雁荡春花映彩霞,
姑娘喜摘雨前茶。
黄草帽,
采青芽,
如飞巧手众人夸。

品令·怀秋(新韵)

疏星云漫,
上弦月,
池塘岸。
菊花暗淡,
夜深人静,
西风竹颤。
残梦苏醒,
追忆归南鸿雁。

晨寒簇绽,
满园桂,
浓香伴。
迢递吠声,
宇坤晴朗,
鹊鸣鸥看。
满怀感恩,
小径沉思忘返。

仄韵长相思·怨妇词（一）（新韵）

思君守，
忆君守。
鸳鸯池水风吹皱，
恰与春相凑。

章台柳，
河边柳。
燕子呢喃景依旧，
小屋娇娥瘦。

仄韵长相思·怨妇词（二）（新韵）

离情久，
梦魂久。
鸳鸯棒打难分舍，
泪眼眉梢皱。

山清秀，
河清秀。
翠柳桥空景依旧，
风骤春衫透。

思春词(新韵)

莺啭春林,
鱼游浅水,
碧草风微。
燕子还来寻旧垒,
杨柳叶,桃花配。

独倚栏杆人落泪,
又见新兰蕙。
少妇拥衾犹不寐,
思念重,
心儿累。

仄韵渔歌子·鸟语(新韵)

山花翠竹闻啼鸟,
碧柳桃花春意闹。
各投林,
自寻道,
寒暄便说风光好。